Melissa Foster

Nachwuchs für die Liebe

Eine Kurzgeschichte
Die Bradens

Melissa Foster

Nachwuchs für die Liebe

Die Bradens
Eine Kurzgeschichte

Love in Bloom – Herzen im Aufbruch

Aus dem Amerikanischen von Usch Pilz

Die Originalausgabe erschien erstmals 2016 unter dem Titel
»Our New Love – A Short Story – The Bradens« bei World Literary Press, MD,
USA.

Deutsche Erstveröffentlichung
2018 bei World Literary Press, MD, USA
© 2016 der Originalausgabe: Melissa Foster
© 2018 der deutschsprachigen Ausgabe: Melissa Foster
Lektorat: Judith Zimmer, Hamburg
Umschlaggestaltung: Natasha Brown

ISBN: 978-1948868068

Liebe Leserinnen und Leser,

vielen Dank für die große Unterstützung für die Reihe *Love in Bloom – Herzen im Aufbruch*. Ich freue mich immer, von Ihnen zu hören, und hoffe, Sie sind gespannt auf Neuigkeiten von Ihren Lieblingsfiguren.

Sollte dies Ihre erste Begegnung mit den Bradens und den Remingtons sein, ist es gut zu wissen, dass *Nachwuchs für die Liebe* eine Kurzgeschichte und kein Roman in normaler Länge ist. Diese Geschichte handelt von Savannah (Braden) und Jack Remington, dem Paar aus *Liebe voller Abenteuer*, einem Band aus der Braden-Serie in normaler Buchlänge. Die Bradens und die Remingtons gehören zur großen *Love-in-Bloom*-Familie, deren Zweige in den Liebesromanen über die Snow-Sisters, die Bradens, die Remingtons, in den Seaside-Summers-Büchern, den Büchern über die Ryders, den Harborside-Nights-Bänden sowie in den Büchern über die Wild Boys und die Bad Boys vorkommen. Ein Teil dieser Romane ist bereits auf Deutsch erschienen. In den *Love in Bloom – Herzen im Aufbruch*-Büchern begegnen Ihnen die Mitglieder dieser sympathischen, eng mit einander verbundenen Clans immer wieder. Jedes Buch kann für sich, aber auch als Teil seiner Serie gelesen werden.

Besuchen Sie Melissas Website und stöbern Sie auf Deutsch und Englisch in Informationen zur Reihe:

www.melissafoster.com

Abonnieren Melissas Newsletter und bleiben Sie so stets auf dem Laufenden über Neuerscheinungen und Veranstaltungen:

www.melissafoster.com/Newsletter_German

Viel Vergnügen beim Lesen!

Melissa Foster

Eins

Hochzeiten gingen Savannah Remington immer sehr zu Herzen, und die Doppelhochzeit ihrer beiden Schwager Rush und Dex mit ihren Verlobten Jayla Stone und Ellie Parker ließ sie fast zerfließen. Vielleicht sorgten die Schwangerschaftshormone dafür, dass sie noch emotionaler war als sonst. Jedenfalls kam sie sich nach achteinhalb Schwangerschaftsmonaten vor wie ein See voller Tränen mit Babybauch. Dabei war bei der Hochzeit alles glatt gelaufen, obwohl sie an einem kühlen Oktobernachmittag stattfand. Ihr Bruder Treat Braden, der Besitzer des Luxusresorts in Colorado, in dem die Feier stattfand, hatte sich wieder einmal selbst übertroffen. Das elegante weiße Zelt, das er hatte aufstellen lassen, bot eine herrliche Aussicht auf die Bergketten der Rocky Mountains, wo Savannah und ihr Mann Jack die kommende Woche fernab der Zivilisation in ihrer lauschigen Hütte verbringen wollten. Sie hatten sich vorgenommen, direkt nach der Hochzeit aufzubrechen, aber im Moment sah es nicht so aus, als würde die Feier jemals offiziell enden. Rush und Jayla klebten ebenso wie Dex und Ellie auf der Tanzfläche aneinander. In ihren Smokings und den Hochzeitskleidern sahen beide Paare einfach umwerfend aus. Sie waren umgeben vom Rest des Remington-

Clans und deren besseren Hälften, und natürlich von unzähligen Bradens. Die immer größer werdenden Familien waren in den letzten Jahren eng zusammengewachsen und Savannah hätte nicht glücklicher sein können.

»Mein Engel.« Von hinten umarmte Jack seine Frau und mit ihr ihr gemeinsames ungeborenes Kind.

Savannah drehte sich zu ihm. In seinen mitternachtsblauen Augen lag noch mehr Liebe als in ihren ersten gemeinsamen Wochen voller Schmetterlinge, als bei ihrer Hochzeit, ja sogar mehr als in dem Augenblick, in dem sie erfahren hatten, dass sie ein Baby bekommen würden. Mit der Tiefe seiner Gefühle überraschte Jack sie immer wieder, dabei hatte er so viel durchmachen müssen. Zwei Jahre, bevor ihm Savannah begegnet war, hatte Jack seine erste Frau bei einem Autounfall verloren. Savannahs Liebe hatte viel dazu beigetragen, seine Wunden zu verschließen.

»Tanzt du mit mir?« Er drückte ihr einen Kuss auf die Lippen. Jack wusste immer, was sie brauchte. Sie mochte seinem Herzen geholfen haben zu heilen, doch er war von ihrer ersten Begegnung an für sie ihr Fels in der Brandung gewesen. In guten wie in schlechten Zeiten stand er an ihrer Seite. Er gab ihr stets so viel, ganz gleich, ob sie glücklich, traurig, ausgelassen oder bedrückt war.

Savannah wischte sich die Tränen ab und räusperte sich. Ihre Gefühle stahlen ihr die Stimme. Nickend griff sie nach seiner ausgestreckten Hand.

»Tut mir leid, dass ich eine so furchtbare Heulsuse bin.« Sie legte die Arme um seinen Hals und strich mit den Fingern durch sein dichtes dunkles Haar. Jack war um die eins neunzig groß und gebaut wie ein Holzfäller, mit kräftigen Muskeln, solide und stark. Seinen gestählten Körper verdankte er der langen Zeit bei den Special Forces in der Armee, und als Survivaltrainer blieb er bestens in Form. Zudem waren seine Kraft, seine Agilität und seine Erfahrung in diesem Job überaus gefragt. Jetzt, so kurz vor der Geburt, war Jack allerdings seit fast vierzehn Tagen nicht mehr mit einer Gruppe losgezogen. Und die nächsten Termine hatte er so gelegt, dass er, wenn das Baby erst da war, noch einige Zeit zu Hause verbringen konnte. Den meisten Frauen stand nach einer Geburt ihre Mutter zur Seite, aber Savannahs Mom war an Krebs gestorben, als Savannah noch ganz klein gewesen war. Erinnerungen an sie hatte sie leider kaum, aber dafür dank ihrer fünf Brüder jede Menge Schwägerinnen, die ihr Hilfe angeboten hatten. Auch ihre beste Freundin und Anwaltskollegin Aida Strong wollte sie nach der Geburt nur zu gerne unterstützen. Aber Jack wollte sich das nicht nehmen lassen, und dafür liebte sie ihn noch mehr.

Jack küsste sie sanft auf die Lippen. »Das muss dir nicht leidtun. Hochzeiten zerren immer an deinem großen, warmen Herzen. Für mich macht dich das noch schöner.«

Savannah schmiegte ihren Kopf an seine Brust. Die letzten beiden gemeinsamen Wochen hatten sie trotz all ihrer überbordenden Emotionen noch näher zusammengebracht. Sie fragte sich, ob sie nach der Geburt wieder ausgeglichener werden würde. *Noch zwei Wochen.* Die Vorfreude zauberte ihr ein Lächeln ins Gesicht, obwohl der Arzt gemeint hatte, beim ersten Kind müsste sie sich vermutlich sogar länger gedulden. Sie brannte darauf, den kleinen Menschen kennenzulernen, den Jack und sie zustande gebracht hatten.

Savannah entdeckte ihre Tante Catherine und Jacks Mutter Joanie. Sie waren in ein Gespräch mit einigen von Savannahs Cousins vertieft, schüttelten die Köpfe, lächelten aber dabei.

Diesen Ausdruck sah sie öfter bei Frauen, die viele Kinder großgezogen hatten.

Treat beugte sich zu Jack. »Wie hält sie sich denn?« Treat tanzte gerade mit seiner Frau Max und hielt dabei Dylan, ihren Jüngsten, auf einem Arm. Sein stets wachsames Auge huschte über Jacks Schulter hinweg zu seiner Tochter Adriana, die nach Treats und Savannahs Mutter benannt war. Plappernd und lächelnd tanzte die Kleine mit ihrem Großvater Hal.

»Mir geht's gut«, antwortete Savannah. Langsam bekam sie sich wieder in den Griff. Nach dem Tod ihrer Mutter hatte Treat stets mit Adleraugen über sie und ihre vier anderen Brüder gewacht, genau wie inzwischen über seine eigenen Kinder. Jetzt richteten sich die dunklen Augen, die allen Braden-Männern gemeinsam waren, forschend auf sie.

»Dir geht es so gut, dass du weinen musst, Vanny?« Treat küsste Dylan auf seine kleine runde Wange.

»Ja, mir geht's blendend. Du weißt doch, wie sehr Hochzeiten mir immer ans Herz gehen.«

»Kann ich dich dann eine Minute lang entführen?«, fragte Max. Max war ein zierliches kleines Ding. Savannah überragte sie um etliche Zentimeter. Als Max sie jetzt von Jack wegzog, hielt der sie an den Fingerspitzen fest. Lächelnd rüttelte Max an ihrem Arm. »Ich bringe sie zurück. Versprochen.«

Sie verschwanden in der Menge und stellten sich dann in einiger Entfernung zu den anderen jungen Frauen. Ihre Familien waren so unglaublich gewachsen. Im Familienkreis Hochzeit zu feiern, bedeutete, dass Jacks fünf Geschwister und deren bessere Hälften genauso anwesend waren wie Savannahs nächste Angehörige und ihre achtzehn Braden-Cousins und -Cousinen. Und das war nur die Braden-Seite. Die Remingtons hatten zudem ihre Cousins und Cousinen von der Ostküste eingeladen. Rush und Jayla hätten zu gerne ihre Mitstreiter aus der olympischen Ski-Mannschaft dabeigehabt, und auch Dex' und Ellies Freundeskreis hätte sicher gerne auf ihr Glück angestoßen. Aber sie hatten keine allzu ausufernde Doppelhochzeit feiern wollen, und allein die Familie umfasste beinahe hundert Personen.

»Savannah!« Savannahs Schwägerin Siena war ein atemberaubend schönes Model. Sie hatte kürzlich ihren Verlobten Cash Ryder geheiratet. Jetzt zog sie Savannah von Max weg, nahm sie in die Arme und raunte verschwörerisch: »Zeit für ein bisschen Spaß.«

Savannah bemerkte das verschmitzte Blitzen in den Augen der anderen jungen Frauen. Ihre hochschwangeren Schwägerinnen Jade und Lacy steckten die Köpfe mit Riley zusammen. Flüsternd beobachteten sie ihre gut aussehenden Ehemänner, Savannahs ältere Brüder Rex und Dane, die mit Savannahs jüngstem Bruder Hugh, Jacks Bruder Sage und seinem Vater James plauderten. Rileys Augen hingen an Josh, der ein paar Schritte entfernt stand und den Blick nicht von ihr lassen konnte, während er sich mit Jacks Bruder Kurt und Kurts Frau Leanna unterhielt. Es hing unsagbar viel Liebe in der Luft.

Savannah ließ den Blick wieder zur Tanzfläche schweifen, wo Brianna mit dem kleinen Christian auf dem Arm mit ihrer Tochter Layla und Sages Verlobter Kate tanzte. Jaylas Schwestern Mia und Jennifer unterhielten sich mit Savannahs Cousins, aber Savannahs Aufmerksamkeit galt vor allem Jack. Mit verschränkten Armen und ernstem Blick sprach er mit ihren Cousins Nate, Cole und Ty. Alle vier Männer sahen großartig aus, aber der attraktivste gehörte ihr ganz allein.

»Jetzt starr nicht ständig deine Schnitte von einem Ehemann an und hör uns zu.« Siena drehte sie zurück zu den jungen Frauen, die sich zusammen mit Joanie und Catherine um sie scharten. »Also: Es gibt einen Plan. Die Torte ist vertilgt und der Nachmittag fast zu Ende, deshalb ist für uns Mädels jetzt ein Wellness-Verwöhnprogramm angesagt. Für alle außer Ellie und Jayla, natürlich. Die haben so kurz nach dem Ja-Wort andere Verpflichtungen.« Siena lächelte die beiden Bräute an, die prompt ganz rosige Wangen bekamen.

»Danke, dass du uns daran erinnerst, Siena«, scherzte Jayla. »Schließlich soll niemand vergessen, womit wir heute Abend beschäftigt sein werden.«

Joanie legte ihre Hand auf Jaylas Schulter. »Es ist dein Hochzeitstag, Liebes. Genieße ihn in vollen Zügen.« In einem leicht sarkastischen Ton wandte sie sich an Siena. »Aber was für Jayla und Ellie heute auf dem Programm steht, hätten wir auch ohne deine Ansage geahnt, mein Kind.«

»Ach, Mom.« Siena wedelte mit der Hand und wandte sich wieder an Savannah. »Und, wie sieht es aus? In einer Stunde im Wellnesstempel?«

»Ich hätte wirklich große Lust, aber das geht leider nicht. Ihr wisst doch, Jack und ich verbringen die nächsten Tage zusammen in unserer Hütte in den Bergen. Das ist unser letzter gemeinsamer Urlaub, bevor das Baby kommt.«

»Ich freue mich schon unheimlich auf das Kleine.« Catherine stellte sich neben sie und tätschelte ihren Bauch. »Ich habe meine Schwangerschaften immer genossen.«

»Genau wie wir«, sagten Lacy und Jade wie aus einem Mund.

»Aber mir kommt ein bisschen Wellness gerade recht.« Lacy strich sich die blonden Korkenzieherlöckchen aus dem Gesicht, die im Lauf ihrer Schwangerschaft noch widerspenstiger geworden waren. »Meine Füße bringen mich um.«

»Ich würde mir die Füße lieber von Rexy massieren lassen, als von jemandem, den ich nicht kenne«, sagte Jade.

Savannah verdrehte die Augen. Sie konnte sich vorstellen, dass eine Fußmassage nicht das Einzige war, woran Jade dachte – selbst wenn sie sich die tatsächlich lieber von Rex verpassen lassen würde. »Vielleicht weil mein Bruder zu eifersüchtig ist, um zuzulassen, dass jemand anderer dich anfasst?«

»Mir gefällt Rexys besitzergreifendes Wesen.« Jade hob das Kinn und wackelte mit den Schultern, als wollte sie sagen: *Bitte, da habt ihr's.* Jade war das perfekte Gegenstück für Savannahs Überalpha-Bruder. Sie lachten beide, denn im Grunde waren sie sich einig. Jack hatte ebenfalls eine besitzergreifende Ader, und Savannah gefiel das mindestens so sehr an ihm, wie Jade es an Rex mochte.

»Ich staune, dass dein Arzt dir so spät in der Schwangerschaft das viele Fliegen noch erlaubt«, sagte Max.

»Er hatte keine Bedenken. Im Gegenteil, er meint, weil es mein erstes Baby ist, würde es wahrscheinlich sowieso später kommen. Außerdem kann Jack uns, wenn es sein muss, jederzeit ausfliegen.« Jack war ein exzellenter Pilot und Savannah vertraute ihm blind. Er würde niemals zulassen, dass ihr oder ihrem ungeborenen Kind etwas zustieß.

»Apropos Jack.« Joanie spähte über Savannahs Schulter hinweg. »Ich bin überglücklich, dass mein Sohn so verliebt ist. So verliebt, dass er es ohne dich gar nicht aushält.«

Savannah wandte sich um und sah Jack auf sie zukommen. Er hatte eine weiße Rose aus einem der Blumenarrangements in der Hand und ein schiefes Grinsen auf dem markanten Gesicht. Sie hoffte, dass sie die Einzige war, die seinen Augen ansah, wie gern er sie verführen wollte. Trotz ihrer Schwangerschaft bekamen sie nicht genug voneinander. Sie liebten sich fast jeden Tag und hinterher verwöhnte Jack sie mit einer warmen Dusche. Dabei ließ er sich Zeit, wusch und liebte sie zugleich. Wenn sie danach zusammen einschliefen, schmiegte er sich so eng an sie, dass sie manchmal glaubte, er würde am liebsten in sie hinein und zu ihrem Baby kriechen. Mit Jack hatte sie wirklich unverschämtes Glück.

Jack kniff die Augen zusammen und musterte seine jüngere Schwester, während er Savannah einen Arm um die Taille legte. Er drückte ihr einen zarten Kuss auf die Wange. »Wollen diese Ladys dich entführen?«

»Sie wollen zu einem Wellnesstempel.« Savannah drehte sich zu ihm und berührte seine Wange. Obwohl er sich für die Hochzeit rasiert hatte, sprossen bereits wieder sexy Stoppeln auf seinen männlich kantigen Wangen.

»Wenn du dich lieber mit den Mädels entspannen möchtest, mein Engel, können wir auch morgen erst zur Hütte aufbrechen«, bot er an.

Die anderen Mädchen fanden die Idee hervorragend, aber Savannah war müde. Sie war den ganzen Tag auf den Beinen gewesen, und nichts klang im Augenblick besser, als in der Hütte vor dem prasselnden Kaminfeuer in Jacks Armen zu liegen, die Seele baumeln zu lassen, sich mit niemandem unterhalten und niemandem zuhören zu müssen.

»Danke. Aber ich freue mich schon so auf unser kleines Nest.«

»Spielverderberin«, scherzte Siena, während ihr Gatte Cash, ein muskulöser Feuerwehrmann, von hinten seine starken Arme um sie legte.

»Wer verdirbt hier meinem Mädchen den Spaß?« Cash ließ den Blick von einer jungen Frau zur anderen wandern.

»Savannah und Jack wollen schon aufbrechen«, antwortete Siena stirnrunzelnd.

»Ich dachte, wir Jungs ziehen heute Abend zusammen um die Häuser.« Cash richtete sich zu seiner vollen Größe auf, zog Siena etwas fester an sich und flüsterte: »Heißt das, wir beide können uns zusammen verkrümeln?«

Savannah nahm an, dass das Flüstern nur für Sienas Ohren gedacht war. Doch als Jack ihre Seite drückte, wusste sie, dass er es ebenfalls gehört hatte. Sie berührte Jacks Wange noch einmal, um seine Aufmerksamkeit auf sich zu lenken.

»Von mir aus können wir uns verabschieden und auf den Weg zur Hütte machen. Was denkst du?«

Ein Lächeln huschte über seine vollen Lippen. »Ich kann es kaum erwarten, mich mit dir zu verkrümeln.«

Zwei

Bis Jack und Savannah sich von den anderen Hochzeitsgästen verabschiedet hatten, verging beinahe eine Stunde. Weitere zwei Stunden brauchten sie, um ihre Sachen zusammenzupacken und zum Flughafen zu fahren, wo Jacks kleines Buschflugzeug stand. Am Vortag hatte er es von seinem Mechaniker noch einmal durchchecken lassen. Er wollte ganz sicher sein, dass es keinerlei Probleme gab. Jetzt half er Savannah, ihren Gurt zu schließen, streichelte dann zärtlich ihren Bauch, senkte den Kopf und küsste ihn.

Sie strich ihm das Haar von der Stirn und er verharrte noch einen Moment in dieser Haltung. Er genoss diese Zärtlichkeiten mit ganzer Seele. Savannah hatte er in einer Phase kennengelernt, die er als seinen persönlichen Tiefpunkt betrachtete. Savannahs Berührungen, ihr Lächeln, ihre mitreißende Art und ihr tiefes Verständnis für das, was er durchgemacht hatte, hatten ihm geholfen, wieder auf die Beine zu kommen. Savannah hatte ihm gezeigt, dass er noch einmal lieben konnte. Damit hatte sie ihn in die Arme seiner Familie zurückgeführt und in die Welt der Lebenden. Sie war wirklich und wahrhaftig sein Engel.

»Du bist jetzt noch schöner als vor einer Stunde.«

»Pffft. Du bist ein Charmeur.«

»Willst du wirklich noch einmal in die Berge? Ich weiß, dein Arzt hat keine Bedenken. Aber wie geht es dir damit? Wäre dir Wellness mit den Mädels nicht lieber?«

Sie schüttelte den Kopf und reckte sich ihm für einen Kuss entgegen. »Unser Liebesnest in den Wäldern ist für mich der schönste Ort auf der Welt. Außerdem haben wir uns in den Bergen kennengelernt. Was könnte also passender sein, als dort noch einmal gemeinsam auszuspannen, so lange wir noch zu zweit sind. Alles andere hat Zeit, bis wir wieder in New York sind und das Baby da ist.«

Einige Minuten später waren sie in der Luft.

»Ich wäre gern früher losgekommen. Aber eigentlich müssten wir es vor Einbruch der Dunkelheit zur Hütte schaffen.« Jack warf einen Blick auf die grauen Wolken, die von Westen her heranzogen. Die Sonne stand bereits tief am Himmel. Savannah schaute aus dem Fenster und die Liebe zu ihr weitete seine Brust. Er griff nach ihrer Hand und drückte sie kurz.

»Als du bei unserer ersten Begegnung unsere Gruppe hier heraufgeflogen hast, war mir in dem kleinen Flugzeug ziemlich mulmig. Inzwischen finde ich nichts mehr dabei.« Sie lächelte ihn vertrauensvoll an. »Unglaublich, dass wir in ein paar Wochen unser Baby kennenlernen werden. Wir sollten uns langsam für einen Namen entscheiden.«

Über Namen sprachen sie schon seit Monaten, hatten sich aber noch nicht festlegen können.

»Ob wir ein Mädchen oder einen Jungen bekommen, wollten wir ja auch nicht wissen. Weshalb also nicht einfach warten, bis das Kind auf der Welt ist?«, schlug Jack mit einem Lachen in der Stimme vor. Die Namensdiskussion hatten sie bereits unzählige Male geführt. Savannah redete nun mal gerne über das Thema, obwohl sie keine Ahnung hatten, ob sie einen Mädchen- oder einen Jungennamen brauchten. »Meine Meinung kennst du. Wenn es ein Junge wird, sollten wir ihn Hal nennen – nach deinem Dad. Und wenn es ein Mädchen wird, kann es gerne Haley oder Halison heißen. Oder Halleluja.«

Savannah verdrehte die Augen. »Weshalb soll das Kind unbedingt wie mein Vater heißen? Weshalb nicht wie deiner?«

»Weil dein Vater die Frau großgezogen hat, die ich liebe. Meine Eltern sind wunderbare Menschen, aber ohne Hal würde es dich nicht geben. Und uns auch nicht.« Er schaute zu seiner schönen Frau hinüber. »Ich hoffe, unser Kind wird sich genauso geliebt fühlen, wie du dich immer gefühlt hast. Ich hoffe, ich kann ihm ein guter Vater sein und er oder sie hat deine kastanienbraunen Haare und deine grünen Augen.«

Eine Turbulenz schüttelte die kleine Maschine. Savannah schloss die Augen und lehnte sich zurück.

»Keine Angst. Ich habe alles unter Kontrolle«, versicherte ihr Jack. Er konzentrierte sich wieder auf die Anzeigen im Cockpit.

Savannah legte die Hände auf ihren Bauch. »Das weiß ich. Und ich fände es schön, wenn das Baby aussehen würde wie du. Du wirst ein großartiger Vater sein. Du bist der liebevollste Mann, den ich kenne.« Bevor er etwas sagen konnte, fügte sie hinzu: »Mein Dad war wirklich ein prima Vater. Er hat viel durchgemacht und die Familie stand für ihn immer an erster Stelle. Aber dasselbe gilt für deinen Vater. Und für dich auch, Jack. Bei keinem Mann der Welt würde ich mich besser aufgehoben und geliebter fühlen als bei dir.«

Jack saugte ihre Worte in sich auf und steuerte das Flugzeug mit ruhiger Hand auf die Bergkette zu, wo sie ein Stück Land besaßen. Er machte sich oft Gedanken, ob er ein guter

Ehemann und Vater sein würde, wusste aber, dass seine Unsicherheiten vor allem im Verlust seiner ersten Ehefrau wurzelten. Während eines schlimmen Sturms hatte sie nur wenige Schritte von ihrer Einfahrt entfernt ein tragischer Autounfall das Leben gekostet und Jack deutlich vor Augen geführt, wie machtlos er gegen das Schicksal war. Er rieb die Narbe an seinem Arm. Sie stammte von einem Stück Metall. Fast bis zum Knochen hatte es ihn aufgerissen, als er den leblosen Körper seiner Frau aus dem brennenden Wagen gezogen hatte.

Bis er gelernt hatte, die schrecklichen Bilder und zerstörerischen Gefühle an einen sicheren Ort zu verbannen, war viel Zeit vergangen. Jetzt drängte er sie energisch aus seinem Kopf, damit er sich darauf konzentrieren konnte, Savannah wohlbehalten zu ihrem kleinen Nest in den Bergen zu bringen. Erst wenn sie sicher in der warmen Hütte saß, würde ihm wieder leichter ums Herz sein. Während er Kurs auf die Landebahn nahm, begann ein leichtes Schneegestöber.

»Eigentlich sollte es heute doch nicht schneien, oder?« Savannah klang nicht beunruhigt, doch Jacks Eingeweide zogen sich zusammen.

»Nein, aber in Colorado ist nichts unmöglich. Möchtest du lieber umkehren? Vorsichtshalber?«

»Nein. Bis zum Geburtstermin sind es noch vierzehn Tage und auf diese letzte entspannte Woche zusammen mit meinem Liebsten habe ich mich unheimlich gefreut. Danach können wir für den Countdown zum großen Finale nach Hause fliegen. Viel Schnee wird sicher nicht runterkommen. Von einer Sturmfront war nirgends die Rede.« Sie zeigte aus dem Fenster. »Siehst du? Es hört schon wieder auf. Ich glaube, die Wettergötter haben bloß ein bisschen gespielt.«

Jack richtete das Flugzeug für die Landung aus. Zwischen der Landebahn und der Hütte lag nur eine flache Hügelkuppe. Ihm war nun wieder ein bisschen wohler. Savannah hatte recht. Von einer Sturmfront hatte er nichts gehört. »Achtung, Baby. Wir setzen gleich auf.«

Savannah schloss die Augen, lehnte sich zurück und spreizte schützend die Finger auf ihrem Bauch. Dass Landungen sie nach wie vor nervös machten, hatte sie Jack nie verraten. Das gehörte zu den vielen Dingen, die er an ihr liebte. Savannah war die stärkste Frau, die er kannte. Bewusst geworden war ihm das schon in dem Augenblick, in dem er sich ihr geöffnet und von dem Unfall seiner Frau erzählt hatte. Die meisten Frauen hätten eine derart tragische Vergangenheit begraben wollen, sich davon bedroht oder gar wie die zweite Garnitur gefühlt. Aber Savannah ermutigte ihn immer wieder, sich seinen Erinnerungen zu stellen und sie zu pflegen. Sie hatte ihm deutlich gemacht, dass alles, was hinter ihm lag, ihn zu dem gemacht hatte, der er war. Dazu gehörte auch sein Leben mit Linda. Seine Liebe zu Linda würde vermutlich immer ein Teil von ihm bleiben und Savannah belastete das nicht. Sie nahm seine Vergangenheit an, als hätte auch sie Linda geliebt. Savannah hatte von Anfang an an ihre Beziehung geglaubt und nicht zugelassen, dass Jack sich von Angst und Selbsthass zerfressen zurückzog. Den hohen Mächten sei Dank.

Als das Flugzeug aufsetzte, atmete Savannah laut aus und ihre Lippen kräuselten sich zu einem Lächeln. Jack brachte die Maschine zum Stehen. Nach einem prüfenden Blick auf die Instrumente stellte er den Motor ab, stieg aus und berührte mit den Fingerspitzen die Erde. Zwei Jahre lang hatte er sich nach dem Unfall vor der Welt verborgen, und hier an dieser Stelle hatte er endlich wieder Boden unter die Füße bekommen.

Obwohl ihm und Savannah hier draußen nur etwa achtzig Hektar gehörten, betrachtete er diesen Berg als den ihren. Er war ihre ganz private Oase, ihr kleines Stück vom Himmel.

Jack ging um das Flugzeug und half Savannah aus dem Sitz. In diesem Augenblick fing es wieder an zu schneien.

»Nichts wie rauf zur Hütte.« Er schnappte sich ihr Gepäck, dann griff er nach Savannahs Hand. Sie öffnete den Mund, schloss die Augen und reckte das Gesicht dem Himmel entgegen. Jack sah zu, wie die Kälte ihre Wangen rosa färbte, während sie mit der Zunge ein paar Schneeflocken einfing. Er konnte sich gut vorstellen, wie sie das eines Tages ihrem Kind beibringen würde.

»Du wirst die perfekte Mutter sein.« Er lachte und sie grinste ihn an.

»Warum? Weil ich selbst noch wie ein Kind bin?«

Er warf sich die Taschen über die Schulter und zog sie an sich. »Nein. Weil du einen Blick für die kleinen Dinge hast.«

»Stell die Taschen ab.« Sie rüttelte ein wenig an den Schultergurten und Jack ließ das Gepäck zu Boden gleiten. Dann nahm sie seine Hände und sagte: »Komm, probier es auch mal.« Sie schloss die Augen und legte den Kopf zurück.

Wie sie, ohne die Augen zu öffnen, merkte, dass er es ihr nicht gleichtat, war ihm ein Rätsel. Doch sie sagte: »Komm schon, Jack! Bitte.«

Er öffnete den Mund, reckte das Kinn in die Luft und ließ die eisigen Flocken auf seiner Zunge schmelzen.

»Fühlt sich das nicht gut an? Ich verbringe so viel Zeit in der Kanzlei, dass ich manchmal vergesse, wie Schneeflocken schmecken oder wie erfrischend es ist, die Zehen in einen Bach zu tauchen. Deshalb mache ich so was.«

Er öffnete die Augen und saugte ihren Anblick in sich auf.

Die Windböen wirbelten weitere Schneeflocken daher und sie lachte. Dicke Flocken verfingen sich in ihren Wimpern und schmolzen auf ihren Wangen. Jack betrachtete die schimmernde, noch hauchfeine weiße Decke, die bereits das Gras um sie bedeckte.

Er küsste Savannah auf das eiskalte Kinn. »Wir müssen hoch zur Hütte und Feuerholz reinholen.«

Sie seufzte wie ein Kind, das lieber noch draußen spielen wollte. »Okay.« Sie griff nach einer Tasche.

»Oh nein.« Er warf sich die Taschen wieder über die Schultern. »Du hast eine wertvollere Last zu tragen.«

Sie stapften über die Hügelkuppe, und als die Hütte in Sicht kam, blieb Savannah stehen und lehnte die Schläfe gegen einen Baum.

»Savannah? Ist alles in Ordnung?« Er war an ihrer Seite und schaute ihr forschend in die Augen, während sie den Blick lächelnd auf die Hütte richtete.

»Mir geht es gut. Keine Sorge, Jack. Falls mir irgendwann wirklich etwas fehlt, merkst du es sicher sofort. Sieh nur, wie schön es hier heute Abend ist.« Sie atmete schwerer als sonst, und Jack ahnte, dass sie ihn das nicht merken lassen wollte.

»Wunderschön. Aber du musst dringend aus der Kälte raus.« Er griff nach ihrer Hand, doch sie ließ sich nicht von dem Baum wegziehen.

»Noch eine Sekunde. Ich bin ziemlich geschafft von der Hochzeit.« Sie lächelte zwar noch immer, doch dass das Lächeln ihre Augen nicht erreichte, beunruhigte ihn. »Hör auf, mich so anzusehen, Jack. Mir geht's gut. Aber das war ein langer Tag, da ist müde sein erlaubt.« Sie hob die Hand und berührte seine Wange. »Wirklich, Schatz, versprochen. Es ist alles in Ordnung, ich bin nur ein bisschen schlapp.« Sie drückte die Lippen auf seine und nahm ihm damit einen Teil seiner Sorge. Einen winzigen Teil.

Sie betraten ihr rustikales kleines Nest. Die Haustür führte direkt in die Kombination aus Wohnzimmer und Küche. Ein aus Stein gemauerter, offener Kamin nahm fast die ganze Wand zu ihrer Rechten ein. Daneben führte eine Tür ins Schlafzimmer. Sie hatten bereits darüber nachgedacht, nach der Geburt des Babys ein weiteres Schlafzimmer anzubauen. Während der Schwangerschaft hatten sie sich nicht mit einem Umbau beschäftigen wollen. Aber bis sie ihr gemütliches Versteck in den Bergen erweitern mussten, blieb ihnen sowieso noch etwas Zeit, denn in den ersten Wochen würden sie das Baby in einem Bettchen bei sich im Zimmer behalten, damit sie auch wirklich jeden Laut des Kleinen hörten. Jack legte die Taschen an der Haustür ab und half Savannah aus ihrer Jacke und den Stiefeln.

»Ruh dich ein bisschen aus.« Er klopfte ihr die Polster auf der Couch zurecht. »Ich kümmere mich um unsere Sachen.«

Er trug die mitgebrachten Lebensmittel in die Küche und verstaute sie dort, dann packte er im Schlafzimmer die wenigen Dinge aus, die sie dabeihatten. Kleidung und was sonst für spontane Wochenendaufenthalte nötig war, bewahrten sie sowieso in der Hütte auf. Aber er hatte Savannahs Lieblingsumstandsnachthemd eingepackt, flauschige Haussocken und ein paar andere Dinge, die sie sicher gerne bei sich haben wollte. Nachdem er das Bett frisch bezogen hatte, legte er die leeren Taschen in eine Ecke des Kleiderschranks. Als er sich umwandte, sah er, dass Savannah ihn von der Tür aus beobachtete. Ihr langes kastanienbraunes Haar war im Lauf der Schwangerschaft dicker geworden und floss ihr über eine Schulter. Wie sie so dastand und mit einer Strähne spielte, sah sie unglaublich sexy aus. Unter den Umstandsjeans und einem langärmeligen Top wölbte sich ihr Babybauch.

»Du solltest dich doch ausruhen.« Er nahm sie in die Arme. »Ich wollte gleich noch Feuerholz spalten.«

Savannahs Augen verdunkelten sich, ihre Zungenspitze huschte über ihre Lippen und Jack spürte sofort Hitze zwischen seinen Beinen. Sie hakte einen Finger in den Bund seiner Jeans und sagte: »Ausruhen kann ich mich später noch.«

Er zog sie so dicht an sich, wie die Babykugel es erlaubte. »Und was würdest du jetzt gerne tun?«

Sie öffnete bereits den Knopf seiner Jeans und zog den Reißverschluss auf. »Vielleicht könnten wir ein bisschen mit *deinem* Holzscheit spielen.«

Er lachte leise auf. »Du bist so verdammt sexy.« Er wollte die Lippen auf ihre drücken und sie mit der ganzen Leidenschaft küssen, die in ihm brannte, wollte ihr die Kleider abstreifen, ihre süße Hitze auf seine Härte ziehen und sie lieben, bis sie in seinen Armen einschlief. Doch er hielt sich zurück, denn was er vor ein paar Minuten draußen auf dem Pfad in ihren Augen gesehen hatte, beunruhigte ihn. »Ich dachte, du bist müde.«

Sie schob eine Hand in seinen Slip und umfasste seine Hoden. »Aber nicht zu müde hierfür.« Sie schloss die Hand um seine pulsierende Härte, rieb ihn mit festen, gleichmäßigen Bewegungen und brachte ihn damit im Nu um seine mühsam aufrechterhaltene Selbstkontrolle.

Schnell und hungrig trafen ihre Münder aufeinander. Im Rhythmus ihrer Zungenschläge drängte er das Becken gegen ihre Hand. Savannahs Finger verwöhnten ihn mit geübter Präzision. Sie wusste genau, wie sie ihm richtig einheizen konnte. Er zog ihr das Top über den Kopf und befreite ihre vollen, schweren Brüste aus dem BH. Dann füllte er die Hände mit dieser Pracht und rieb mit den Daumen ihre festen Nippel. Die Antwort war ein gieriges Aufstöhnen seiner betörenden Frau.

»Du bist so verdammt schön.« Jack senkte den Kopf und nahm eine ihrer Brüste in den Mund. Er leckte und verwöhnte sie, wie sie es am liebsten hatte, und wurde durch ein weiteres wohliges Stöhnen belohnt. Gleichzeitig zerrte Savannah ungeduldig an seinen Jeans.

Jack zog sich schnell aus und schälte dann auch seine Frau aus den restlichen Kleidern. Er küsste sie leidenschaftlich, legte die Hände an ihr Gesicht und drehte ihren Mund so, dass sie sich ihm noch weiter öffnen konnte. Sie küssten sich, wie die Nacht hereinbrach. Erst zaghaft, dann immer schneller und absolut überwältigend. Er strich mit den Händen über ihre runden Hüften, die jetzt breiter waren als damals, als sie sich kennengelernt hatten. Jack bewunderte, wie ihr Körper dem Leben Raum gab, das sie gemeinsam geschaffen hatten. Nicht ein einziges Mal hatte Savannah sich übers Schwangersein beklagt. Sie hatte das neue Leben in sich willkommen geheißen, sie hatten diese Zeit gemeinsam erlebt und die Freude über jedes zusätzliche Pfund und jede spürbare Bewegung des Babys geteilt. Er küsste sich von ihren vollen Brüsten über die Mitte ihres Bauches, während seine Hände den Weg von ihren Schenkeln zu der Hitze zwischen ihren Beinen fanden. Wie er ihr die prickelndsten Genüsse bereiten konnte, wusste Jack genau. Er küsste sie tief und streichelte mit den Fingern ihre Feuchtigkeit.

»Jack«, flüsterte sie heiser. Ihr Kopf fiel zurück, ihre Nägel gruben sich in seinen Bizeps.

Er knabberte und küsste sich an ihrem Hals entlang, bis ihr Atem immer flacher wurde.

»Bist du sicher, dass das so kurz vor dem Schwangerschaftsende noch in Ordnung ist, Baby?« Er konnte einfach nicht anders, er hatte Angst davor, vorzeitige Wehen auszulösen oder Savannah irgendwie zu schaden.

»Jack!« Sie funkelte ihn an. »Wenn du jetzt aufhörst, dann ...«

Er lachte.

Sie packte sein Handgelenk und hielt seine Hand genau dort fest, wo sie jetzt war. »Der Arzt sagt, es ist in Ordnung.«

Das war die Bestätigung, die er gebraucht hatte, um ihr zu geben, was sie wollte. Mit dem Daumen streichelte er ihre empfindlichste Stelle, während seine Finger in sie glitten. Sekunden später schrie sie seinen Namen und die Muskeln in ihrem Inneren zogen sich um seine Finger zusammen. Sie war so heiß und so sexy, wenn sie für ihn kam. Allein ihr Anblick löste beinahe auch seinen Höhepunkt aus.

Als die letzten Wellen ihres Orgasmus verebbt waren, führte er sie zum Bett, legte sich flach auf den Rücken und zog sie über sich. In den letzten paar Wochen hatten sie ziemlich kreativ werden müssen. Und, gütiger Himmel, das hatte sich gelohnt. Sie hatten einander im Stehen geliebt, auf der Seite liegend, auf Stühlen oder über Tische gebeugt. Jetzt saß sie über ihm und senkte sich auf seine Erektion. Während sie ihn ritt wie noch nie zuvor, streichelte er ihre Brüste. Wie ein Vorhang fiel ihr das Haar übers Gesicht. Sie klammerte sich an seinen Armen fest und zog sich immer und immer wieder um ihn zusammen.

Dann beugte sie sich zurück, stützte sich auf eine Hand und umfasste mit der anderen seine Hoden. Ihr herrlicher Bauch ragte der Zimmerdecke entgegen, und er stieß tief in sie hinein. Hitzewellen jagten an seinem Rückgrat entlang und fachten die Flammen tief in ihm an. Schließlich überließ er sich seinem eigenen kraftvollen Höhepunkt. Jeder Stoß füllte sie mit seiner Liebe, bis sie über ihm zusammensank. Er half ihr, sich auf die Seite zu legen, und hielt sie fest.

»Ich liebe diese Schwangerschaftshormone.«

Sie lachte. »Ich glaube, ich bin einfach nur Remington-süchtig. Großer Gott, Jack. Was machst du bloß mit mir? Dich zu lieben ist schöner als alles andere auf der Welt. Das war von Anfang an so.«

»Ich bin genauso süchtig nach dir.«

Er küsste sie auf den Mund, dann lehnte er die Stirn an ihre, atmete ihren Duft und ihr ganzes Wesen in sich ein und genoss diesen seligen Moment.

Drei

Nach dem Abendessen hatte Jack im Kamin ein Feuer angezündet. Als Savannah am nächsten Morgen aufwachte, war es bereits wieder angefacht und verbreitete Wärme und Behaglichkeit. Jack spaltete draußen vor der Hütte Holz. Sie duschte und zog sich an, dann setzte sie sich ans Fenster und schaute ihm zu. Man hätte auch sagen können, sie verschlang ihn mit den Augen. Sie liebte den Anblick seiner Arm- und Rückenmuskeln, die sich unter dem langärmeligen Shirt bei jedem Axthieb wölbten und spannten. In der vergangenen Nacht hatte es tatsächlich noch einmal geschneit. Zehn bis zwölf Zentimeter Neuschnee bedeckten inzwischen den Boden. Das konnte Savannah an den Spuren ablesen, die Jack bei einem Kontrollgang zum Flugzeug hinterlassen hatte. Noch immer fielen dicke Flocken.

Jack hielt alle paar Schläge inne und schaute hinauf zum Himmel. Savannah kannte ihren Mann gut genug, um zu wissen, dass ihn die Sorge umtrieb, sie könnten hier auf dem Berg festsitzen. Zu Beginn ihrer gemeinsamen Zeit hatten sie sich gerne einschneien lassen. Einige Male waren sie deshalb mit voller Absicht direkt vor einem Schneesturm hier heraufgekommen. Aber jetzt, so kurz vor der Geburt des Babys, hätten sie das nicht gemacht. Jack war sicher bereits zum Nervenbündel mutiert, aber Savannah fand alles restlos perfekt. Schließlich hatte sie bis zur Geburt noch vierzehn Tage Zeit, vermutlich sogar mehr. Und was konnte es Schöneres geben, als hier mit Jack allein zu sein? Sie würde ihm helfen, sich zu entspannen, genau wie gestern Abend. Gott, sie liebte es, diesem Mann ganz nahe zu sein. Alles, was er tat und was er sagte, gab ihr das Gefühl, geliebt und begehrt zu werden. Er hatte ihr keine Chance gelassen, sich auch nur eine Sekunde lang Gedanken zu machen, ob sie ihm als Schwangere noch gefiel. Im Gegenteil, schon seit sie die ersten Pfunde zugelegt hatte, überschüttete Jack ihren Körper mit Liebe und Aufmerksamkeit, und sie saugte alles in sich auf.

Jack schaute sich um, dann richtete er den Blick noch einmal zum Himmel und schließlich zum Haus. Als er sie entdeckte, setzte er ein Lächeln auf. Der Unterschied zwischen einem gezwungenen Lächeln und einem echten war bei Jack riesengroß. Wenn er richtig lächelte, schmolz ihr Herz. Sie konnte es kaum erwarten, ihn mit einem Baby in den Armen zu sehen. Sorgen würde er sich sicher immer – um sie, um das Kleine und um ihre Sicherheit. Aber er würde ein wunderbarer Vater sein, und dass er sich so viele Gedanken machte, machte ihn für sie noch liebenswerter. Er hatte schon so viel verloren, und Savannahs Liebe war stark genug, um gemeinsam mit ihm gegen seine Sorgen ankämpfen zu können. Auch deshalb hatte sie vor der Geburt noch ein letztes Mal hier heraufkommen wollen. Solange sie noch zu zweit waren, wollte sie Jack mit ihrer Liebe stärken und ihm zeigen, wie sehr sie schätzte, was er für sie, für sie beide und das Baby tat.

Bei ihrem nächsten Besuch in der Hütte würden sie zu dritt sein. Dann musste sie ihre Zuwendung zwischen den beiden wichtigsten Menschen in ihrem Leben teilen. Die Vorstellung machte ihr Angst. Hatte sie genügend Liebe für alle? Oder würde sie immer das ungute Gefühl haben, niemandem wirklich gerecht zu werden? Sie liebte das Kind schon jetzt genau so sehr, wie sie Jack liebte. Dabei war es noch in ihr und brauchte noch nicht ihre volle Aufmerksamkeit. Sie hoffte und betete, dass sie eine so gute Mutter sein würde, wie ihre Mutter es offenbar gewesen war. Jeder, der sie gekannt hatte, lobte ihre Herzenswärme. Und sie wollte ihre Sache so gut machen wie ihr Vater. Wie er es als alleinstehender Witwer geschafft hatte, jedem seiner Kinder so viel Zuwendung zu schenken und dabei auch noch die Ranch zu führen, war ihr ein Rätsel. Sie wünschte sich aus ganzer Seele, dass das Muttersein ihr leichtfallen würde und sie sich ganz umsonst Gedanken machte. Auf gar keinen Fall wollte sie Jack enttäuschen.

Wie immer stimmten diese Überlegungen sie traurig. Beim Tod ihrer Mutter war sie noch so klein gewesen, dass sie sie nur aus den Beschreibungen und Geschichten ihres Vaters und ihrer älteren Brüder kannte. Sie hatten den Geist ihrer Mutter all die Jahre am Leben erhalten. Schon deshalb ahnte sie, wie viel sie verpasst hatte, weil ihr nicht mehr Zeit mit ihr geschenkt worden war.

Eine Bewegung des Babys riss sie aus ihren Grübeleien. Lächelnd legte sie eine Hand auf ihren runden Bauch.

Unser Kind.

Tränen stiegen ihr in die Augen. Die Schwangerschaftshormone machten sie mindestens so gefühlsduselig wie eine Hochzeit. Sie musste an die frische Luft, sonst würde sie sich den ganzen Tag mit Gedanken quälen, ob sie auch wirklich eine gute Mutter sein konnte.

Savannah schlüpfte in ihre dicke Winterjacke und zog sich

die Stiefel an. Sich weit genug vorzubeugen, gelang ihr nun fast nicht mehr. Immerhin war das Baby inzwischen ein wenig tiefer gesunken und klemmte nicht mehr direkt unter ihren Rippen. Seither fiel ihr das Atmen wieder etwas leichter. Allerdings musste sie auch ziemlich oft ihre Blase leeren. Vielleicht war es gut, wenn sie das noch erledigte, bevor sie die Hütte verließ.

Nach dem Abstecher zur Toilette setzte sie ihre Strickmütze auf, schnappte sich Jacks Jacke und seine Handschuhe und ging zu ihm hinaus.

Er zog eine Braue hoch und hielt mitten im Schwungholen inne.

»Sollen wir ein paar Schritte gehen? Mir fällt da drinnen die Decke auf den Kopf.« Sie hielt ihm seine Jacke hin und er ließ die Axt sinken. Ein süßes Lächeln spielte um seine Lippen. Er stapelte die Holzscheite auf seinen Arm, dann beugte er sich vor und küsste sie.

»Ich bringe die nur kurz rein. Aber solange es so heftig schneit, bleiben wir in der Nähe der Hütte.«

Sie folgte ihm hinein und wartete, bis er das Holz neben dem Kamin aufgestapelt und das metallene Funkenschutzgitter vors Feuer gestellt hatte.

»Ich glaube, die Bergluft wird mir guttun. Ich bin heute ein bisschen unruhig.«

Er wusch sich die Hände, dann legte er die Arme um sie und küsste sie auf die Nasenspitze. »Unruhig? Im Sinne von genervt? Oder im Sinne von *Ich-kann-es-nicht-erwarten-bis-das-Baby-endlich-kommt?*«

»Im Sinne von *Ich-möchte-an-die-frische-Luft-damit-ich-nicht-ständig-darüber-nachdenke-ob-ich-eine-gute-Mutter-sein-werde.*«

Er drückte sie ein wenig fester an sich, und sie atmete seinen männlichen Duft ein, der sich mit dem Geruch von frisch gespaltenem Holz vermengte.

»Du hast wieder an deine Mutter gedacht und sie fehlt dir, nicht wahr?« Zärtlich schaute er ihr in die Augen und sie nickte.

»Ein bisschen.« Er kannte sie so gut. Nicht zum ersten und ganz sicher nicht zum letzten Mal war Savannah dankbar, dass sie einen Mann gefunden hatte, der ihre Gefühle verstand und auch keine Scheu hatte, seine eigenen auszudrücken.

»Ach, mein Engel.« Seine Augen wurden noch wärmer, dann drückte er ihr einen zarten Kuss auf die Lippen. »Du wirst eine ganz großartige Mutter sein. Du denkst immer zuerst an alle anderen. Immer. Und wenn du liebst, liebst du von ganzem Herzen. Du hattest die besten Vorbilder, die man sich nur wünschen kann. Du wirst schon sehen, es wird alles gut.« Er drückte sie ein wenig fester und sofort wurden ihre Augen wieder feucht.

Diese verdammten Hormone. »Danke. Das zu hören, tut mir richtig gut.«

»Baby, deine Mom lächelt auf dich herab und ist ungeheuer stolz auf die Frau, zu der du geworden bist. Das spüre ich im Herzen. Wahrscheinlich bist du nur nervös, weil wir nun bald unser Baby kennenlernen.« Jack rieb ihr den Bauch. »Baby Halleluja.« Er grinste über seinen Scherz.

»Dich lasse ich den Namen garantiert nicht aussuchen.«

Ein paar Minuten später stapften sie warm eingepackt Hand in Hand den Pfad zwischen den Bäumen entlang. Die Schneeflocken, die vom ansonsten fast blauen Himmel rieselten, verliehen dem hellen Nachmittag eine frische und gleichzeitig fast magische Atmosphäre. Auf den langen, schmalen Zweigen lag eine dicke Schicht Schnee wie ein weißer Handschuh auf zierlichen Fingern.

»Sei vorsichtig«, sagte Jack. Sein schwerer Stiefel war gegen einen Felsbrocken gestoßen. Während sie sich langsam den Berg hinaufarbeiteten, lag seine Hand auf Savannahs Rücken.

Als sie ihren liebsten Aussichtspunkt erreichten, war sie außer Atem. »Ich glaube, ich muss mich ein bisschen ausruhen.« Savannah trat unter die Zweige der Bäume, die den Felsblock überspannten, auf dem sie so oft saßen.

»Augenblick.« Jack wischte den Schnee weg, dann half er ihr, sich zu setzen. »Für heute ist das weit genug. Mir ist nicht wohl dabei, dich bei dem Wetter so lange hier draußen herumwandern zu lassen.«

Savannah verdrehte die Augen. »Ich bin schwanger, nicht krank. Du musst mich nicht in Watte packen.« Sie griff nach seiner Hand und zog ihn näher zu sich. Seine breiten Schultern verdeckten die Sonne und warfen einen Schatten auf ihr Gesicht. »Ich liebe dich, und dass du dich so aufopfernd um mich kümmerst, ist wunderschön. Aber du hast mich gelehrt, Vertrauen in meinen Körper zu haben.« Sie lächelte ihn an. »Wenn ich müde bin, ruhe ich mich aus. Wenn ich Hunger habe, esse ich.« Sie hakte einen Finger in den Bund seiner Jeans und wurde mit einem verführerischen Lächeln belohnt, das die kantigen Züge ihres Mannes gleich viel weicher werden ließ. »Und wenn mich die Lust packt, dann spiele ich mit dir.«

Er beugte sich vor und legte die Lippen auf ihre. Sie zog ihn noch ein wenig dichter zu sich und brachte ihn aus dem Gleichgewicht. Seine Hände landeten links und rechts von ihr auf dem Felsblock. Sanft schob er ihre Knie auseinander und drängte sich zwischen sie. Sie passten so perfekt zusammen wie zwei Teile eines Puzzles. Jacks Zungenspitze bat um Einlass und sie öffnete die Lippen für ihn. Leidenschaftlich erwiderte sie seinen Kuss und wühlte dabei die Hände in sein dichtes Haar.

Sie wollte für die nächsten zwei Wochen in diesem Kuss versinken und dann eines Tages mit dem Baby in den Armen wieder auftauchen.

Die Schneeflocken kühlten ihre Wangen, und als sich ihre Lippen wieder trennten, fing es an, noch stärker zu schneien. Gemeinsam schauten sie in den jetzt blendend weißen Himmel hinauf. Auf Jacks Mütze und auf seinen Haarspitzen lag bereits eine dünne weiße Schicht.

»Wir gehen besser zurück.« Jack griff nach Savannahs Hand und zog sie sanft auf die Füße. Sie wankte und stieß gegen ihn.

»Hoppla.« Ein dumpfer Schmerz war ihr ins Kreuz gefahren, sie stemmte die Hände von hinten gegen ihre Hüften. »Ich muss zu lange gesessen haben. Augenblick.« Sie rieb die schmerzende Stelle.

Eine Sekunde später massierten Jacks starke Hände den Schmerz bereits weg. Sorgenfalten zerfurchten seine Stirn. »Besser?«

Sie lehnte sich an ihn. Das Ziehen am Ende ihres Rückgrats hielt an. »Ja, aber ein bisschen tut es noch weh. Vielleicht habe ich schief gesessen.« Lächelnd betrachtete sie den Felsblock. »Erinnerst du dich noch daran, wie wir uns das erste Mal geliebt haben? Bei dem großen Felsen in jener ersten Nacht, in der du mir in den Wald gefolgt bist?«

Seine Hände glitten um ihren Bauch und er vergrub die Nase an ihrem Hals. »Das werde ich nie vergessen. Das war die Nacht, in der du mir das Herz gestohlen hast.«

Er schaute sie mit so viel Liebe in den Augen an, dass ihr Herz einen Schlag lang aussetzte.

»Das hast du dir aber nicht anmerken lassen«, scherzte Savannah. Sie dachte daran, wie missgelaunt Jack am Tag danach beim Survivaltraining gewesen war und wie sie einander doch ständig hatten ansehen müssen. Sie hatte geahnt, dass seine Gefühle ihm Angst machten, ihn aber trotzdem besser kennenlernen wollen. Von Anfang an hatte sie sich gewünscht, sie könnte seinen Schmerz vertreiben und mehr über den rauen, abweisenden Mann erfahren, dessen Herz in so viele Teile zerbrochen war, dass er sich vor der Welt verstecken musste, um überleben zu können.

»Das war eine schwierige Zeit. Mein Herz ist damals nach zwei Jahren Starre zum ersten Mal wieder zum Leben erwacht.« Er drückte die Lippen auf ihre. Sobald sie den Schutz der Bäume verließen, zeigte sich, wie stark das Schneetreiben inzwischen geworden war.

»Mist. Komm, mein Engel. Höchste Zeit, dass wir uns auf den Rückweg machen.« Einen Arm fest um Savannahs Taille gelegt, die andere Hand an ihrem Arm, führte Jack sie bergab zur Hütte.

Ihre Fußabdrücke von vorhin waren bereits unter dem Schnee begraben. Jack kannte den Berg wie seine Westentasche und leitete sie auch ohne sichtbaren Pfad sicher zwischen den Bäumen und Felsen hindurch. Das Ziehen in Savannahs Rücken ließ nach, nur um dann sofort wieder stärker zu werden. Bei jeder neuen Schmerzwelle verlangsamte sie ihren Schritt.

Ein Gespräch mit Max fiel ihr wieder ein. »Ich glaube, das sind Braxton-Hicks-Kontraktionen«, sagte sie.

Jack blieb wie angewurzelt stehen und musterte sorgenvoll ihren Bauch.

»Kontraktionen? Damit rechnen wir doch frühestens in zwei Wochen.«

»Braxton-Hicks«, wiederholte sie. »Erinnerst du dich noch daran, was Max gesagt hat? Man spricht auch von Übungswehen. Max hatte sie fast drei Wochen lang, bevor Adriana schließlich zur Welt gekommen ist.« Sie drückte die Hände auf den Bauch und lächelte Jack an. »Mein Körper bereitet sich vor.«

Seine Augenbrauen zogen sich zusammen. »Meinst du wirklich, es ist alles in Ordnung?« Er machte eine ausholende Geste. »Fliegen ist bei dem Wetter eigentlich nicht drin. Aber wenn du einen Arzt brauchst …«

»Jack, mir geht's prima.« Zu wissen, was mit ihr los war, machte den dumpfen Schmerz erträglicher. »Komm. Lass uns zur Hütte gehen. Vielleicht habe ich mich heute wirklich ein bisschen übernommen.«

Normalerweise schafften sie den Rückweg bergab viel schneller als den Aufstieg zum Aussichtspunkt. Aber wegen des Schnees und wegen des seltsamen Ziehens bewegte sich Savannah viel vorsichtiger als sonst. Erst am späten Nachmittag erreichten sie die Hütte. Sie waren beide nass vom Schnee und zudem verschwitzt. Savannah, weil sie die Babypfunde mit sich herumschleppte, und Jack, so vermutete sie, aus reiner Sorge. Er war inzwischen im vollen Beschützermodus und wachte über jede ihrer Bewegungen.

Er half ihr aus der Jacke und den Stiefeln und bestand darauf, dass sie sich die nassen Kleider vor dem Feuer auszog, damit ihr nicht kalt wurde. Ihre Umstandshose und das Sweatshirt waren unter der Jacke und den Stiefeln trocken geblieben. Jack half Savannah, es sich auf der Couch bequem zu machen, erst dann zog er seine eigenen nassen Sachen aus.

»Was ist dir lieber? Die Couch oder der Liegesessel?« Er verschwand im Schlafzimmer und kehrte mit ihrer warmen Lieblingsdecke, den flauschigen Haussocken und ihrem E-Reader zurück.

Ihr wurde ganz warm ums Herz, weil er sich so liebevoll um sie kümmerte. Jack kniete sich hin und half ihr mit den Socken.

»Ich glaube, ich bleibe auf der Couch.« Sie lehnte sich gegen die Polster. Jack breitete die Decke über sie, zog einen Schemel heran und legte behutsam ihre Füße darauf.

»Wasser?« Er war bereits auf dem Weg zur Küche.

»Cool bleiben, Jack. Mir fehlt nichts, wirklich.«

Er stellte ein Glas Eiswasser vor sie auf den Couchtisch und setzte sich neben sie.

»Brauchst du sonst noch was? Soll ich dir den Rücken massieren? Die Füße?«

»Jack.« Sie liebte seine Fürsorglichkeit, aber er machte sie ganz kribbelig. »Bleib einfach bei mir sitzen und lass uns ein bisschen ausruhen.«

»Ich kann nun mal nicht anders. Du sagst zwar, es sind nur Übungswehen, aber was, wenn es doch richtige sind?« Er schaute zum Fenster. Die Sonne war schon fast untergegangen, und inzwischen schneite es so heftig, dass man draußen vermutlich nicht die Hand vor Augen sehen konnte.

»Dann würde ich bestimmt nicht so ruhig hier sitzen. Weißt du noch, was Max gesagt hat? Sie meinte, echte Wehen fühlen sich an, als würde man von einem Pferd in den Rücken getreten.« Sie spürte, wie ihr Lächeln verrutschte. »Oh mein Gott, Jack. Bitte denk daran, dem Arzt zu sagen, dass ich eine PDA haben möchte, falls die Schmerzen so groß sind, dass ich nicht selbst darum bitten kann.«

Er straffte seine breiten Schultern, die Sorge in seinen Augen wich Entschlossenheit. Dann strich er ihr das Haar aus dem Gesicht. Im Bruchteil einer Sekunde war er wieder ihr Fels.

»Keine Sorge, Baby. Ich werde an deiner Seite sein, dir die Hand halten und um die Betäubung bitten.« Lächelnd drückte er die Lippen auf ihre. Dann legte er seine starke Hand auf ihren Bauch, beugte sich vor und sagte mit sanfter Stimme: »Ich kann es kaum erwarten, dich in den Armen zu halten, du Baby ohne Namen.«

Sie lachte. »Komm, wir denken noch mal über einen Namen nach. Falls es ein Mädchen wird, wie findest du Sofia?«

»Nicht schlecht. Aber wie wär's mit Adeline? Der Name erinnert an Adriana, den Namen deiner Mutter. Außerdem könnten wir sie Addie rufen.« Er rieb ihr den Bauch, dann hielt er unvermittelt inne. »Hast du als Kind nie davon geträumt, wie du deine Kinder später gern nennen würdest?«

»Babys und ein geruhsames Familienleben kamen in meinen Träumen eher nicht vor, das weißt du. Wenn ich wirklich mal geträumt habe, dann vielleicht von Pferden ... Aber meistens war ich viel zu sehr damit beschäftigt, mit meinen Brüdern mitzuhalten, um meinen Gedanken nachzuhängen und mir eine Zukunft auszumalen. Als Teenager hatte ich dann immerhin einen Traumberuf. Ich wollte Anwältin werden. Aber das hier?« Sie legte eine Hand auf seine. »Dieser Traum ist wahr geworden, weil du mir begegnet bist.« Sie lächelte. »Und was hattest *du* früher für Träume?« Sie bereute die Frage sofort. Zwar gingen sie immer offen mit dem Verlust seiner ersten Frau um, doch sie wollte keine traurigen Erinnerungen in ihm wecken. Savannah wusste, dass er und Linda sich ein Baby gewünscht hatten.

»Ich möchte, dass dieses Baby für uns steht, für alles, was wir lieben, für alles, was wir einander geben. Ein kleines Mädchen würde ich am liebsten Savannah nennen, aber das möchtest du ja nicht.«

Sie lächelte. »Dass dir das gefallen würde, kann ich mir vorstellen. Aber ein Kind mit meinem Namen? Das muss nicht sein.« Sie schmiegte sich an ihn und schloss die Augen. Jetzt merkte sie, dass das Ziehen in ihrem Rücken aufgehört hatte. »Ich glaube, ich könnte ein Nickerchen vertragen.«

»Möchtest du vorher etwas essen?«

Sie schüttelte den Kopf. »Nein. Aber iss du ruhig. Ich bin im Moment zu müde.«

Savannah schlief mehrere Stunden lang. Jack aß zu Abend, brachte genügend Feuerholz für mehrere Tage ins Haus und versuchte, seine Eltern anzurufen. Aber wegen des Sturms hatte er keinen Empfang. Es schneite heftig und in großen Flocken. Er hoffte, dass es bis zum Morgen aufhören würde. Sobald die Schneefront abgezogen war, würde er nach Hause fliegen, so viel stand fest. Das Risiko, nach weiteren Schneefällen hier festzusitzen, würde er auf keinen Fall eingehen. Als Savannah von Kontraktionen gesprochen hatte, hatte er sofort das Gefühl gehabt, sie im Stich gelassen zu haben. Sie saßen mitten in einem Schneetreiben in einer abgelegenen Hütte und ihre Ärzte waren ein halbes Universum weit entfernt in New York City. Er wusste, wie sehr Savannah sich diese gemeinsame Auszeit gewünscht hatte. Die Hütte war schon immer ein Zufluchtsort vor ihrem Alltag in der Hektik von New York gewesen, wo auf Savannah stets Arbeit in der Kanzlei wartete. Er fragte sich, wie oft Savannahs beste Freundin und Mitarbeiterin Aida in den letzten vierundzwanzig Stunden wohl versucht hatte, sie zu erreichen. Savannah und Aida waren unzertrennlich, und Aida war wegen des Babys fast so aufgeregt wie sie beide.

Er legte ein weiteres Scheit ins Feuer, streckte sich auf dem Liegesessel aus und behielt seine schlafende Frau im Auge.

Genau genommen hatte auch er sich diese Auszeit gewünscht, aber jetzt war es Zeit, nach Hause zu gehen. Zeit, Savannah in die Zivilisation zurückzubringen, wo das Wort *Kontraktionen* bei ihm kein Herzrasen auslösen würde, weil dort ihre Ärzte nur einen Anruf und eine kurze Taxifahrt entfernt waren.

Savannah lag mit einem Kissen zwischen den Knien auf der Seite. Sie atmete ruhig und tief, ihr Haar floss über die Polster und Jack hätte schwören können, dass niemand im Schlaf so oft lächelte wie sie. Auch das liebte er an Savannah. Sie war ein so positiver Mensch. Sie war das Licht seines Lebens, und das schon seit ihrer ersten Begegnung. Okay, stur wie ein Maulesel war sie auch. Vermutlich hatte sie das von ihrem Vater geerbt. Wobei Hal immer betonte, wie ähnlich sie ihrer Mutter war. Savannah war allerdings auch zärtlich und fürsorglich, sie erweiterte seinen Horizont und ließ ihn neue Herausforderungen angehen. Damit machte sie ihn zu einem besseren Menschen, und auch das liebte er an ihr.

Jack lauschte dem Knistern des Feuers und den ruhigen Atemzügen seiner Frau. Darüber döste er ein.

Mitten in der Nacht schreckte er hoch. Was ihn geweckt hatte, wusste er nicht. In der Hütte war es dunkel, das Feuer war heruntergebrannt. Er fachte es noch einmal an und legte Holz nach, damit die Wärme im Raum erhalten blieb. Dann hörte er Savannah im Schlaf stöhnen. Er stellte das Funkengitter vors Feuer und kniete sich neben seine schlafende Frau. Wecken wollte er sie nicht. Nach dem Spaziergang war sie furchtbar müde gewesen, sie brauchte dringend Ruhe. Wenn das Baby auf der Welt war, würden sie nachts alle paar Stunden wach sein. Sicher würde Savannah jede Minute mit dem Neugeborenen genießen, aber es schadete nichts, vorher so viel Schlaf wie nur möglich zu bekommen.

Erneut stöhnte Savannah auf. Der lang gezogene Schmerzlaut ließ ihn die Hand an ihre Taille legen. Er hoffte, die Berührung würde sie beruhigen und ihr wieder in einen tieferen Schlaf helfen. Doch als er spürte, wie ihr Bauch sich spannte, blieb ihm einen Moment lang die Luft weg.

Übungswehen, beruhigte er sich. *Vermutlich hat sie deshalb aufgestöhnt.* Sie aufzuwecken, würde ihr nicht helfen. Stattdessen massierte er sie sanft und hoffte, so die Spannungen vertreiben zu können.

»Das geht schon eine ganze Weile so«, flüsterte sie mit gepresster Stimme.

»Was kann ich denn tun?« Jack streichelte ihre Wange. »Möchtest du lieber ins Bett? Dort hättest du es bequemer.« Er zog sein Handy aus der Tasche. Noch immer kein Empfang.

Savannah setzte sich auf und atmete tief durch. »Nein, alles in Ordnung. Tut mir leid, dass ich dich geweckt habe.«

»Baby, mach dir keine Gedanken um mich.« Er drückte die Lippen auf ihre. »Sag mir einfach, wie ich dir helfen kann. Hat Max dir auch erzählt, was du machen sollst, wenn diese Übungswehen kommen?«

Sie zuckte die Achseln. »Sie meinte nur, ich soll ruhig atmen und daran denken, dass sie wieder vergehen. Vor ein paar Minuten ist mir eingefallen, dass der Arzt dasselbe gesagt hat.« Sie warf einen Blick zum Fenster. Draußen war es stockdunkel. »Schneit es noch?«

»Als ich eingeschlafen bin, hat es noch geschneit. Komm. Wir ziehen dich aus und stecken dich in etwas Bequemeres. Vielleicht kannst du dann wieder einschlafen.« Als er ihr von der Couch half, packte sie plötzlich mit beiden Händen seinen Arm und schnappte zischend nach Luft.

»Augenblick.«

Jack stützte sie. Sein Herz fing an zu rasen. »Babe?« Selbst durch ihr Sweatshirt hindurch konnte er die Kontraktion erkennen. »Bist du sicher, dass das Braxton-Hicks sind?«

Erst ein paar heftige Atemzüge später antwortete sie: »Woher soll ich das wissen? Das ist mein erstes Baby.«

»Okay, mein Engel. Versuch, dich zu entspannen und …«

»Entspannen? Wie soll ich mich entspannen, wenn mein Bauch immer wieder so fest und hart wird?«, fauchte sie. Ihre Augen waren groß vor Angst, vielleicht auch vor Ärger. Im Moment war das schwer einzuschätzen.

»Baby, ich wollte damit nur sagen, im Schlafzimmer hättest du es bequemer. Es sollte nicht *Nun bleib mal locker* heißen.« Wie ungern seine Frau eine solche Aufforderung hörte, wusste er sehr gut.

»Tut mir leid«, sagte sie. Er schlang einen Arm um ihre Taille und führte sie ins Schlafzimmer.

»Komm, ich helfe dir aus der Hose.« Er setzte ein keckes Lächeln auf. Einen Moment lang erwog er, scherzhaft Sex vorzuschlagen, um sie etwas aufzuheitern. Aber dafür war sie zu nervös. Als er niederkniete, um ihr die Hose auszuziehen, stützte sie sich auf seine Schultern. Er warf die Hose auf den Schaukelstuhl in der Ecke und ging zur Kommode. »Worin würdest du gerne schlafen?«

»In meinem XXL-Shirt.«

»Okay.« Er schnappte sich ihr Lieblingsumstandsshirt und half ihr aus dem Sweatshirt. Als sie in ihren Panties und ihrem BH vor ihm stand, war sie schöner als jedes Dessous-Model. Sie trug ihr Baby in sich, das Kind ihrer Liebe. Was konnte atemberaubender sein? Seine Gefühle schnürten ihm die Kehle zu, während er ihre vollen Brüste von dem BH befreite.

»Du lieber Gott, Savannah. Achteinhalb Monate schwanger,

und dein Anblick raubt mir den Verstand.« Er legte ihre Hand auf seine Erektion und sie sog ihre Unterlippe zwischen die Zähne.

»Jack«, sagte sie leise. »Oh Shit.« Sie drückte zu, und das ziemlich fest.

»Verdammt.« Er legte sich ihre Hand auf den Arm und stützte sie, während ihr Bauch erneut fest und hart wurde. Der stechende Schmerz, den ihr Griff zwischen seinen Beinen verursacht hatte, war vergessen.

»Atme, Savannah. Ich bin bei dir, Baby. Atme.« Sie schnaufte und hechelte so schnell, dass er fürchtete, sie könnte ohnmächtig werden. Endlich schaltete sein Gehirn sich wieder ein, und er konnte abrufen, was sie im Geburtsvorbereitungskurs gelernt hatten.

»Schau mich an, Baby. Schau mir in die Augen.« Sie tat es. »Gut. Und jetzt atme zusammen mit mir. Ein …« Er holte Luft. »Und aus.« Langsam stieß er den Atem aus und wiederholte die Übung, bis die Wehe vorüber war und Savannahs Anspannung ein wenig nachließ.

»Gut gemacht.« Er zog ihr das T-Shirt über den Kopf und half ihr, die Hände durch die Ärmel zu stecken.

»Jack?«

Noch bevor er die Angst in ihren Augen sah, hörte er sie in ihrer Stimme. »Alles wird gut, Baby. Ich bin bei dir. Das sind nur Übungswehen, okay?« Das hoffte er zumindest.

»Ich weiß, aber …« Ihre Augen wurden feucht.

Er nahm sie in die Arme und strich ihr beruhigend über den Rücken. »Ich bin bei dir, mein Engel. Zusammen kriegen wir das hin. Es ist alles, wie es sein soll. Ganz sicher.« Er lehnte sich zurück und schaute ihr forschend in die Augen. »Rede mit mir, Baby. Wovor hast du Angst?«

Sie öffnete den Mund, brachte aber keinen Ton heraus. Tränen glitten über ihre schönen Wangen und schnitten ihm tief ins Herz. Er zog sie an sich und küsste sie auf die Wange.

»Du wirst eine wunderbare Mutter und wir werden eine sehr glückliche Familie sein.« Er half ihr, sich aufs Bett zu legen, zog sich die Jeans aus, schlüpfte zu ihr unter die Decke und hielt sie von hinten fest. »Ich halte dich, Baby. Und ich lasse dich nie wieder los.«

Ihre Finger gruben sich in seine Arme. Eine neue Kontraktion hatte eingesetzt.

»Jack!«, schrie sie.

Er wollte ein wenig von ihr abrücken, damit er ihr den Rücken massieren konnte, doch sie klammerte sich nur noch fester an ihn.

»Bleib. Halte mich.«

»Ich bin bei dir. Ich wollte dich nur massieren.« Sie schüttelte den Kopf. »Ich brauche dich ganz nahe bei mir.«

Verdammt, er würde sich keinen Millimeter von ihr wegbewegen. Dass das Übungswehen waren, glaubte er nicht mehr.

Vier

Immer wieder döste Savannah zwischen den Kontraktionen ein, und Jack hielt sie, wie versprochen, die ganze Zeit fest. Ein paar Mal schlug er noch vor, er könnte ihr den Rücken massieren. Aber obwohl der Schmerz schlimmer wurde, hatte sie zu viel Angst, um sich aus seinen Armen zu lösen. Sie wollte seine Kraft spüren, seinen Atem an ihrem Nacken, seinen starken, beruhigenden Herzschlag an ihrem Rücken. Sie wusste nicht, wie spät es war, als der dumpfe Schmerz zum ersten Mal von ihrem Kreuz nach vorn ausstrahlte und gleich so heftig wurde, dass sie aufschrie. Aber das Zimmer lag noch im Dunkeln.

Jack war mit einem Sprung aus dem Bett. Sein Blick jagte durch den Raum. »Was ist? Was ist passiert?«

Savannah biss gegen den Schmerz die Zähne zusammen. Jack setzte sich neben sie, richtete sie vorsichtig ein wenig auf und lehnte ihren Rücken gegen seine Brust. Sanft rieb er mit kreisförmigen Bewegungen die Seiten ihres Bauches, aber der Schmerz war zu groß. Sie hielt seine Berührungen nicht mehr aus. Es war alles zu viel. Sogar das Bett unter ihr war ihr jetzt lästig.

»Hör auf!« Sie schob ihn weg. »Ohmeingottohmeingott. Jack. Das sind doch keine Übungswehen!«

Er machte das Licht an, sein Gesicht war ernst. Sie kannte diesen Ausdruck, es war sein *Was-brauchen-wir-in-dieser-Situation?*-Gesicht. »Meinst du wirklich?«

Eine weitere Kontraktion warf sie gegen die Kopfstütze des Bettes. »Shitshitshit. Jack.«

Er rückte näher an sie heran. »Schau mich an, Savannah. Denk daran, wir müssen atmen.«

»Wir?« Sie atmete schnell, zu schnell, so als wäre sie auf der Flucht vor dem Schmerz.

»Ja, wir. Konzentrier dich auf mich.« Seine Worte waren streng, doch in seinen Augen lag tiefe Liebe. Er gab ein ruhiges Atemmuster vor, bis ihres sich ihm anpasste. »Dir wird nichts passieren. Gemeinsam können wir alles tun, was getan werden muss.«

Die Kontraktion verebbte, und als hätte er nur darauf gewartet, sprang Jack vom Bett, griff nach seinen Jeans und nahm sein Telefon aus der Tasche. »Immer noch kein Empfang.«

»Was sollen wir bloß machen? Oh mein Gott!« Die nächste Wehe rollte bereits heran, Savannah krümmte sich zusammen, aber Jack richtete sie wieder auf.

»Atmen. Gut so. Ein und aus. Gut, Savannah. Wunderbar.« Er hielt ihre zitternden Hände, während sie sich durch die Wehe atmete. Als der Schmerz endlich nachließ, fühlte sie sich, als wäre ein Zug durch sie hindurch gejagt und hätte sie zerrissen.

»Bevor es noch heftiger wird, muss ich ein paar Sachen vorbereiten, okay?«

»Was denn? Wo?« Ihr Gehirn funktionierte nicht richtig. Die nächste Wehe würde nicht lange auf sich warten lassen, und sie hatte Angst, dabei allein zu sein.

»Ich muss Wasser abkochen, damit es steril ist, und Handtücher holen. Ich beeile mich, meine Süße. Ich bin in zwei Sekunden wieder da.« Er küsste sie schnell, dann rannte er aus dem Schlafzimmer.

Sie hörte Wasser laufen, hörte wie ein Topf gefüllt und der Gasherd angezündet wurde. Der Kühlschrank wurde geöffnet und geschlossen. Sie hörte Jack hastig etwas sagen, und ein paar Sekunden später war er mit einem Stapel frischer Handtücher und einer Schale Eis wieder bei ihr.

»Das Eis kann ich mit einem Hammer in kleine Stücke schlagen, dann haben wir Eiswürfel für dich, wie sie es im Vorbereitungskurs gesagt haben.« Er rieb ihr den Rücken.

»Jack, du meinst das Kind kommt? Das Kind kommt *jetzt*? Das geht doch nicht! Dabei kann alles Mögliche schiefgehen! Wir müssen sofort nach New York!« Sie schob sich zur Bettkante, um sich anzuziehen. Doch er hielt sie an den Armen fest und schaute ihr ins Gesicht.

»Draußen liegen über dreißig Zentimeter Schnee, und es schneit immer weiter. Wir kommen hier nicht weg. Ich habe gerade per Funk Hilfe angefordert. Aber bis jemand bei uns ist, kann es eine ganze Weile dauern.«

»Dreißig Zentimeter? Oh Gott, Jack. Wir sitzen in einem Schneesturm fest, ich kriege unser Kind, wir haben nicht mal einen Arzt und …«

Er umarmte sie, dann hielt er ihr Kinn fest und schaute ihr tief und lange in die Augen. Sein Blick war voller Liebe und Zuversicht. »Und wir kriegen das hin. Wenn unser Baby jetzt unbedingt kommen will, dann werden wir ihm oder ihr sicher auf die Welt helfen. Ich sorge dafür, dass euch beiden nichts passiert.«

Sie sah ihn schlucken und ahnte, wie schwer ihm ums Herz

sein musste. Schließlich hatte er seine erste Frau in einer Zeit verloren, in der sie eine Familie geplant hatten. Sie wollte ihm sagen, dass es nicht seine Schuld wäre, falls etwas Schlimmes geschah. Aber daran, dass etwas Schlimmes geschehen könnte, wollte sie nicht einmal denken. Und laut aussprechen wollte sie es schon gar nicht. Sie sah einen Anflug von Angst über sein Gesicht huschen, doch schon eine Sekunde später war er wieder ihr Fels in der Brandung.

»Ich weiß, Jack.«

Savannahs Stimme holte ihn aus dem kurzen Augenblick der Dunkelheit in die Gegenwart zurück. Er schob alle düsteren Gedanken aus seinem Kopf, um sich ganz darauf konzentrieren zu können, was hier und jetzt geschah.

»Möchtest du ein wenig umhergehen oder lieber liegen bleiben?«, fragte er.

»Ich weiß nicht. Ich will mich in nichts hineinsteigern, aber ...« Sie klammerte sich an seinen Arm. Die nächste Wehe rollte heran.

»Atmen«, erinnerte er sie und sich. Gemeinsam atmeten sie, bis der Schmerz nachließ. Doch die nächste Wehe kam fast sofort und dann gleich noch eine weitere. Schlagartig wurde Jack der Ernst der Lage bewusst. Er war auf den Füßen, schlug die Decken zurück und brachte Savannah in eine bequeme Lage. »Ich muss das Wasser vom Herd nehmen, damit es abkühlen kann.«

In Windeseile holte er das Wasser und stellte es am Fußende des Bettes auf einen Stuhl. Im Kopf ging er eine Checkliste all dessen durch, was sie jetzt brauchten. Er zerschlug das Eis und bot Savannah die Stückchen als Erfrischung an. Dann hielt er während der nächsten Wehen ihre Hand. Fieberhaft rief er sich alles in Erinnerung, was er je über Schwangerschaften und Geburten gelesen hatte. In den vergangenen acht Monaten war das eine ganze Menge gewesen. Seine medizinische Grundausbildung bei der Armee gab ihm die Gewissheit, dass alles gut gehen würde. Für die Liebe seines Lebens und sein ungeborenes Kind musste er jetzt alles richtig machen.

»Du musst deinen Slip ausziehen, damit ich nachsehen kann, ob das schon die Austreibungsphase ist«, sagte er hastig.

Sie schälte sich aus ihren Panties, stellte die Füße flach aufs Bett und spreizte die Beine. »Großer Gott, das fühlt sich seltsam an.«

Um sie ein wenig abzulenken und aufzuheitern, sagte er: »Wo ich schon mal hier unten bin …« Er zuckte vielsagend mit den Augenbrauen.

»Jack!« Sie lachte. »Kannst du was sehen? Kommt das Baby schon?«

Er versuchte, etwas zu erkennen, brauchte aber einen Moment, bis er verstand, was er sah. Der Bereich um ihre Vagina wölbte sich vor. Und er konnte sogar schon ein Stück vom Köpfchen des Babys ausmachen. Sein Magen krampfte sich zusammen. Es war wirklich so weit. Ihr Baby wurde geboren. Er erinnerte sich, dass er gelesen hatte, man solle die Mutter vor den eigentlichen Presswehen noch nicht pressen lassen.

»Ich muss mir noch mal die Hände waschen. Egal was du tust, nicht pressen.« Er rannte aus dem Zimmer. Savannahs Stimme folgte ihm. »Jack? Das Baby kommt!«

So schnell er konnte, schrubbte er sich die Hände, vor allem um die Nägel und zwischen den Fingern, dann eilte er zurück ins Schlafzimmer. Savannahs Gesicht war zu einer Grimasse verzogen, die Augen hatte sie fest zugedrückt. Er schnappte sich ein paar frische Handtücher und schob sie unter sie.

»Atme, Savannah. Bitte, atme dich da durch. Nimm dein Kinn auf die Brust. Gut so. Und jetzt press ein bisschen, aber nicht zu stark, damit es keinen Riss gibt.« Er schob ihre Knie ein wenig weiter auseinander. Angeblich sollte man den Damm massieren. Wie zum Teufel machte man das während einer Geburt? Seine Hände zitterten viel zu sehr. Er schickte ein stummes Stoßgebet für seine Frau und das Baby zum Himmel.

»Das Baby kommt wirklich. Großer Gott, Savannah. Ich könnte dich nicht mehr lieben, als jetzt in diesem Augenblick. Du bist so tapfer.« Ihre Vagina dehnte sich weiter, als er es je für möglich gehalten hätte. Das Wort *Wunder* drängte sich in seinen Kopf.

»Jack!« Eine neue Wehe rollte heran.

»Okay, jetzt musst du pressen, Baby. Leg die Hände in deine Kniekehlen und zieh deine Beine Richtung Brust.« Er hoffte, dass das richtig war. Aber wie viele Möglichkeiten konnte es geben, ein Kind zur Welt zu bringen? Irgendwie musste es raus.

Savannah stöhnte. »Es tut so weh! Ich kann das nicht!«

»Doch, du kannst das«, sagte er streng. »Du kannst das und du machst das. Atme. Gut so. Wenn es zu heftig wird, versuch, durch den Mund auszuatmen. Ich glaube, ich habe gelesen, man sollte am stärksten pressen, wenn die Wehe abflaut.«

»Das geht nicht. Ich muss pressen! Es ist wie ein Zwang.«

Das Köpfchen des Babys wich nun nicht mehr nach jeder Wehe zurück. Das Kind wollte eindeutig zur Welt gebracht werden. Jack schlug das Herz bis zum Hals. Mit jeder Faser seiner Seele hoffte er, dass er jetzt keinen Fehler machte. »Okay, jetzt pressen«, sagte er.

Savannah stöhnte und ächzte, ihr Gesicht war dunkelrot.

»Atme, mein Engel. Atmen musst du auch.«

»Sei. Still.« Sie presste noch einmal, und der Kopf des Babys drehte sich beim Austreten, sodass die Blickrichtung nach unten wies.

Jack blieb fast das Herz stehen.

»Nicht mehr pressen! Stopp! Hör auf! Es hat die Nabelschnur um den Hals.« Beherzt griff er zu und löste die Schlinge, ohne dabei zu sehr an der Nabelschnur zu ziehen. Savannah schrie immer wieder seinen Namen, weinte und wollte wissen, was er machte.

»Okay. Jetzt ist es gut. Keine Sorge.« Er fand nicht die richtigen Worte. Er war zu sehr darauf konzentriert, das Baby sicher herauszubringen. »Es ist gut so. Dem Baby geht es gut.«

Schon kam die nächste Wehe. »Jack!« Savannah presste.

»Es kommt, mein Engel. Du schaffst das. Savannah, du machst das. Du bist großartig.« Tränen strömten über Jacks Wangen. In diesem Augenblick kam eine Schulter des Babys zum Vorschein, dann die andere, und schließlich glitt das Kind in seine wartenden Hände. »Es ist … Savannah, wir haben einen Jungen. Oh mein Gott. Er ist perfekt.«

Jack und Savannah weinten beide, während er mit einer Hand nach einem Handtuch griff und mit der anderen das Baby festhielt. Das Handtuch tauchte er ins sterile Wasser, dann wischte er den Schleim aus der Nase und dem Mund des Kleinen. Der erste Schrei war wie ein Geschenk des Himmels. Jacks Blick fiel auf die Nabelschnur, deren Ende in Savannahs Innerem verschwand. Verdammt, die Nachgeburt musste noch aus ihr heraus. Er legte ihr das Baby auf den Bauch, wo sie es mit sicherem Griff festhielt. Dann half er ihr, die Geburt vollends zu Ende zu bringen. In der Aufregung hatte er vergessen, eine Schere zu sterilisieren. Während Savannah ihren Sohn in den Armen hielt, säuberte er seine großartige Frau und ihren wunderbaren kleinen Sohn, so gut es ging.

Anschließend sterilisierte er eine Schere, durchtrennte die Nabelschnur, wechselte das blutige Bettzeug und hüllte seine Frau und sein Kind in trockene, warme Sachen. Dann setzte er sich zu den beiden aufs Bett. Er küsste Savannah die Tränen von den Wangen, küsste ihre Lippen, ihre Stirn und ihre Hände. Dabei sagte er ihr wieder und wieder, wie sehr er sie liebte. Seine tiefen Empfindungen für sie und ihr Kind quollen aus jedem der Worte. Er drückte die Lippen auf die Stirn des Babys, dann zählte er zusammen mit Savannah erst die winzigen Finger, dann die Zehen. Schließlich zog er die wärmende Decke wieder um seinen Sohn und spürte, wie sein Herz und seine Seele sich auf immer mit diesem kleinen Menschen verbanden.

»Er hat dein Haar«, flüsterte Savannah. »Jack, wir haben es geschafft. Wir haben einen wunderschönen kleinen Jungen.«

Seine Gefühle schnürten ihm die Kehle zu. Er öffnete den Mund und wollte sprechen. Aber seine Worte ertranken in der tiefen Liebe, die er empfand. Schließlich wischte er sich die Tränen ab und schaute zu, wie ihr Sohn zum ersten Mal an Savannahs Brust saugte. In diesem Augenblick fühlte er sich so gut und so ganz, wie er es sich niemals hätte erträumen können.

»Mein Engel«, brachte er endlich heraus. »Du bist einfach umwerfend.« Er küsste sie. »Er ist so wunderbar. Du bist so wunderbar.«

»Jack, das haben wir dir zu verdanken. Du hast ihn zusammen mit mir auf die Welt gebracht. Du hast die Nabelschnur von seinem Hals gelöst. Du hast unserem Baby das Leben gerettet.« Mit Tränen in den Augen lächelte sie ihn an.

Ihre Worte und die Liebe in ihrem Blick überwältigten ihn. Aus Furcht, gleich völlig zu zerfließen, versuchte er es mit einem Scherz.

»Siehst du? Wir hätten unser Kind eben doch *Halleluja* nennen sollen.«

Sie verdrehte die Augen. »Wie findest du Adam James Remington?«

»Adam James.« Der Name ging ihm ganz leicht über die Lippen. Er betrachtete ihren perfekten kleinen Jungen, der immer noch hungrig trank, und flüsterte: »Adam James Remington.« Er lächelte. Ja, das klang gut. »Perfekt.«

»Er wird so groß und so stark werden wie du. Und er ist unser Erstgeborener, deshalb finde ich, Adam passt gut.« Sie beugte sich vor und küsste Adam auf die Stirn.

»Du möchtest ihn nach meinem Vater benennen?«

Sie nickte. »Ja, sehr gerne. Er ist ein guter Mann, Jack.«

»Aber was ist mit deinem Vater? Sollten wir nicht auch an ihn denken?«

»Das haben wir doch. Wir haben ihm den schönsten Enkel der Welt geschenkt.«

»Danke«, sagte Jack. Seine Gefühle drohten, ihn zu überwältigen. »Danke, dass du mich mit deiner Liebe wieder zu meiner Familie zurückgeführt hast. Danke, dass du mich geliebt und zu mir gehalten hast, als ich so gebrochen war.«

»Du warst nicht gebrochen, Jack. Du hast getrauert. Das ist nicht dasselbe.« Sie beugte sich vor, um ihn zu küssen, und er beugte sich ihr entgegen.

Adams süße rosafarbene Lippen lösten sich von Savannahs Brust. Gemeinsam legten sie das kleine Bündel aufrecht an Savannahs Schulter, um ihm beim Aufstoßen zu helfen. Bei dem leisen Geräusch traten ihnen neue Tränen in die Augen.

Jack wischte sich übers Gesicht und drückte seine Lippen auf Savannahs. Alles, was er zum Leben brauchte, war hier bei ihm in diesem Zimmer.

Lust auf mehr von den Bradens und Remingtons?

Lesen Sie Jacks und Savannahs Liebesgeschichte in *Liebe voller Abenteuer* (Die Bradens in Weston, Colorado).

Abonnieren Sie Melissas Newsletter und bleiben Sie stets auf dem Laufenden über Neuerscheinungen und Veranstaltungen:

www.melissafoster.com/Newsletter_German

Neu bei *Love in Bloom – Herzen im Aufbruch*? In dieser Reihe von Liebesromanen werden die süßesten und dramatischsten Momente mehrerer Familien beschrieben. Mitglieder dieser sympathischen, weitverzweigten Clans begegnen Ihnen in allen Büchern wieder. Jedes Buch kann für sich, aber auch als Teil einer Serie gelesen werden.

Familienstammbäume, die empfohlene Lesereihenfolge und weitere interessante Informationen finden Sie auf Melissas Reader-Goodies-Seite (in englischer Sprache).

www.melissafoster.com/Reader-Goodies

Die Bradens (Peaceful Harbor)

Geheilte Herzen
Voller Einsatz für die Liebe
Liebe gegen den Strom
Vereinte Herzen
Melodie der Liebe
Wilde Herzen

The Bradens & Montgomerys
(Pleasant Hill and Oak Falls)

Embracing her Heart
Anything for Love
Trails of Love

The Remingtons

Spiel der Herzen
Im Dschungel der Liebe
Herzen in Flammen
Herzen im Schnee
Liebe zwischen den Zeilen

Entdecken Sie Melissa Fosters Bücher auch auf:
www.melissafoster.com/herzen-im-aufbruch